來自
織女星座的訊息

詩與書法交織的視界

許世賢著 · 林隆達書法

CIS · LOGO
SYMBOLS · SIGNS
POETRY

新世紀美學　出版

名家推薦

書法家林隆達與詩人設計家許世賢跨界合作，結合現代詩、企業識別設計、符號藝術與書法的對話，開啟詩書藝術新視界，譜寫生命之美台灣史詩的心靈符號三部曲。獲得台灣知名詩人、小說家、書法家、書畫藝術家、攝影家、設計家、專欄作家、律師、企業家、出版家、歷史學家、文物研究學家、博物館、文學館館長與政府官員共襄盛舉跨界推薦。經典巨作，深值典藏。

依推薦人筆畫序

詩人・創世紀詩刊總編輯
辛　牧

國立臺灣歷史博物館館長
呂理政

歷史小說家
東　年

前文化建設委員會主委
翁金珠

依推薦人筆畫序

詩人
向　明

詩人・乾坤詩刊社社長
林煥彰

設計家・銘傳大學商設系教授
柯鴻圖

經濟部加工出口區管理處處長
黃文谷

依推薦人筆畫序

詩人・兩岸詩詩刊創辦人
方　明

媒體人・專欄作家
王尚智

詩人・國北教大圖書館館長
向　陽

書畫家・台灣藝術大學教授
李轂摩

國立台灣文學館館長
翁誌聰

設計家
黃鴻文

詩人・台大哲學系教授
楊　風

台灣古地圖協會理事長
楊蓮福

國史館臺灣文獻館前館長
劉峰松

輔仁大學歷史系教授
郭武雄

詩人・明道大學人文學院院長
蕭　蕭

台北市文獻委員會文物評鑑委員
蔡清杉

南天書局出版社社長
魏德文

設計家・亞洲大學視傳系教授
游明龍

設計家・畫家
廖哲夫

詩人・中國文藝協會理事長
綠　蒂

律師
陳貴德

戶外生活圖書公司社長
陳遠建

台灣碗盤博物館館長
簡楊同

攝影家
鐘永和

詩人・吹鼓吹詩論壇社長
蘇紹連

攝影家
簡榮泰

書畫家・台北藝術大學教授
李蕭錕

秋惠文庫台灣文物館館長
林于昉

設計家・南應大視傳系教授
林宏澤

書藝家
柳嘉淵

書畫家・師大美術系教授
程代勳

國立彰化生活美學館館長
劉玄詠

成霖企業董事長
歐陽明

德綸興業董事長
蔣江彬

詩是靈魂悸動的印記

詩是靈魂悸動的印記，我們珍惜靈魂（我們擔憂失去靈魂的人），所以我們珍惜靈魂的悸動，這世上唯有詩人、藝術家能留下靈魂悸動那些印記，唯有詩人又兼藝術家的心靈，刻記那令人震顫的符號。

跨界詩人許世賢將他的詩集命名為「心靈符號詩集三部曲」。其中純詩的《這方國土—台灣史詩》、《生命之歌—朗讀天空》，是心向天地開放、靈向純真偎靠的美好旋律。《來自織女星座的訊息—詩與書法交織的視界》，是詩與書法的跨界演出，是詩與書法交織的錦繡效果，是現代詩人許世賢向書法界發出的戰帖，是書法家林隆達向現代詩領域伸出黑金之手的柔與勁，甚至於將詩投向大銀幕、大舞台，詩歌、藝術、音樂、影像、書法、設計，多音交響，多彩繽紛，呼應著臺灣式的史詩，史詩的臺灣，創造了許世賢的天空，天空的瑰麗與磅礴。

許世賢以「心靈符號詩集三部曲」帶領我們重新定義「視覺詩」，震撼靈魂。

台灣詩學季刊社社長
明道大學講座教授兼人文學院院長　**蕭　蕭**

詩墨淋漓　共譜心曲

林隆達

世賢兄博學多才我不如，吟詠新詩，連珠唱玉，讀之如心弦輕撥，每令人低迴良久。承邀共同出版此作，並屬聊寄數語，雅命難違。

我從事書法教學及創作多年，心靈深處每自我要求，希望每件作品皆有獨特面貌，與世賢兄對談中知道每一商標設計都需先丟棄先前所有的創作經驗，重新構思一套獨特的思考模式，並能簡單表現整個企業的宗旨與精神。西方藝術有所謂極限主義，即是以最精簡的創作素材表現最深奧的藝術內涵。商標及企業識別即須符合極限主義的精神。世賢兄的作品戛然獨造、自闢蹊徑，每一件作品皆是獨立的生命體，充分顯現其創作能量極為澎湃壯闊，令人讚嘆。

書法也具有如此的特質，本質上表現獨特的線條，結構亦須一眼能分辨出個人的特殊造型，即具有其特殊的藝術符號。它憑藉一支毛筆、單一的墨色，卻讓人能感受到美拙、剛柔、奇正、動靜、疾澀等不同的視覺感受，甚至能讓人窺察出書法的雅俗面貌，此亦符合極限主義的精神範疇。

書寫時一筆在手，屏息靜慮、蘊蓄充足即一筆直下，當世賢兄創作時，亦當是如此狀態。我期待每件作品在造型、線質、墨韻、章法皆有其獨特性。創作者、觀賞者皆有耳目一新的感覺。每一件作品都是新的挑戰，不管過去如何成功，都不足以成為新作的利息，必須重新建構嶄新的面貌。欣見世賢兄詩作發表，願一抒管見，以就教方家。

書寫浩瀚繁星遼闊筆鋒

許世賢

緣起於編輯設計德綸出版兩年一度之藝術月曆，因德綸興業蔣江彬先生故，與林隆達老師結緣十餘年。林老師溫文儒雅，待人接物進退有節。不論位居何種職位，日日研習書法不輟，積極開拓書法新象，是我十分敬佩的書法藝術家。

書法家運筆氣脈相繼，一氣喝成，宛如劍術高手凌空舞劍，以銳不可當劍勢，在時空留白處揮灑布局。如同符號識別設計在虛實間著墨布局，以精準比例，形塑縝密氣勢。而設計元素之配置安排，則如調動戰陣兵馬，流暢如行雲流水或遲滯迂迴，皆在方寸之間。時而如短詩般輕盈優雅，時而擎劍舞動磅礴之勢。

林老師內外合一大師風範，質樸無華卻隱含壯闊格局，內斂書寫浩瀚繁星遼闊筆鋒。遂於四年前興起以跨領域藝術形式合著此書，讓傳統書法與幾何符號、古詩與新詩交織對話，讓筆墨蘊染之趣與幾何造型藝術激盪，不僅鋪陳外在形式之美，更是靈魂內在符碼的唱和。

此書輯林隆達老師近年書法以及我創作之識別設計與現代詩作品，融合焠鍊成書。以簡約俐落版面設計，匯入符號、書法、古詩與新詩不同元素，形成不同視覺情境，引領讀者想像空間，遨遊樸拙無華的心靈新視界。並以來自織女星座的訊息為名，詩寫人類現存文明文化的省思，喚起人類宇宙意識的覺醒。

來自織女星座的訊息

目次

來自織女星座的訊息

目次

飛行的詩

來自織女星座的訊息

目次

來自織女星座的訊息

距離這一個宇宙這一次誕生一百五十億年，地球的人類直到最近，才有部分人張開眼睛，願意承認地球上的人類可能不是宇宙唯一存在的高等生物，雖然他們一點都不高等。地球存在數十萬種神話，人替神說的話。更有上萬種無法理解就要你全盤信仰的宗教，據彼此差異互相攻伐。他們都講愛，只是普遍對生命不太友善，對於愛的對象岐異甚深。

地球人類的某些國家迷戀大江大海，不斷蒐集土地、資源與人民，假托願景侵略他國，每隔一段時日就要發動一次大規模戰爭。在人類文明誕生短暫歷程中，已經毀滅地球許多次。即便該星系先進文明就近不斷示警，人類菁英視而不見。即使外星艦隊不斷現蹤，在 YOUTUBE 裡宣稱「我在這裡」。還是無法改變短視與不友善的決策。即使我們集合各星系一流設計家作品，到各地麥田圈畫上完美心靈符號。

地球人類的藝術家比較可愛，不斷發明騎馬舞、小蘋果這些療癒人心的

癒人心的康樂活動，或是WONDER GIRL這麼賞心悅目的歡樂畫面，撫慰陷身媒體全球連線帶來的良心危機。當然地球保存更多珍貴文化資產，透過繪畫、詩歌、舞蹈、戲劇、時尚、電影與文學等藝術，讓這顆星球始終保持心靈平衡進化的力量，符合宇宙心靈進化聯盟最低標準。

相較於追求心靈富足的文明，地球人類某些擁有權力與財富資源分配權的領袖們，始終堅信資源有限。一邊宣說人類存在的意義，在不斷創造繼起的生命，一邊不斷地掠奪。為實現遙不可及的願景，殘害生命，毀滅別的國家，摧毀不同信仰與文化。隨著科技發展，小心人類在毀滅地球後，把他們的價值觀散播不同星系。因為他們始終迷信大，大人、大國、大未來、大一統天下、大財團、大大聲不絕於耳。小心他們的夢，多數建立在摧毀其他生命的夢想上實踐。

地球不只是人類的地球。要信仰友善的愛而非擴張，要愛人、要愛羊，愛生命。

2010

夢幻泡影

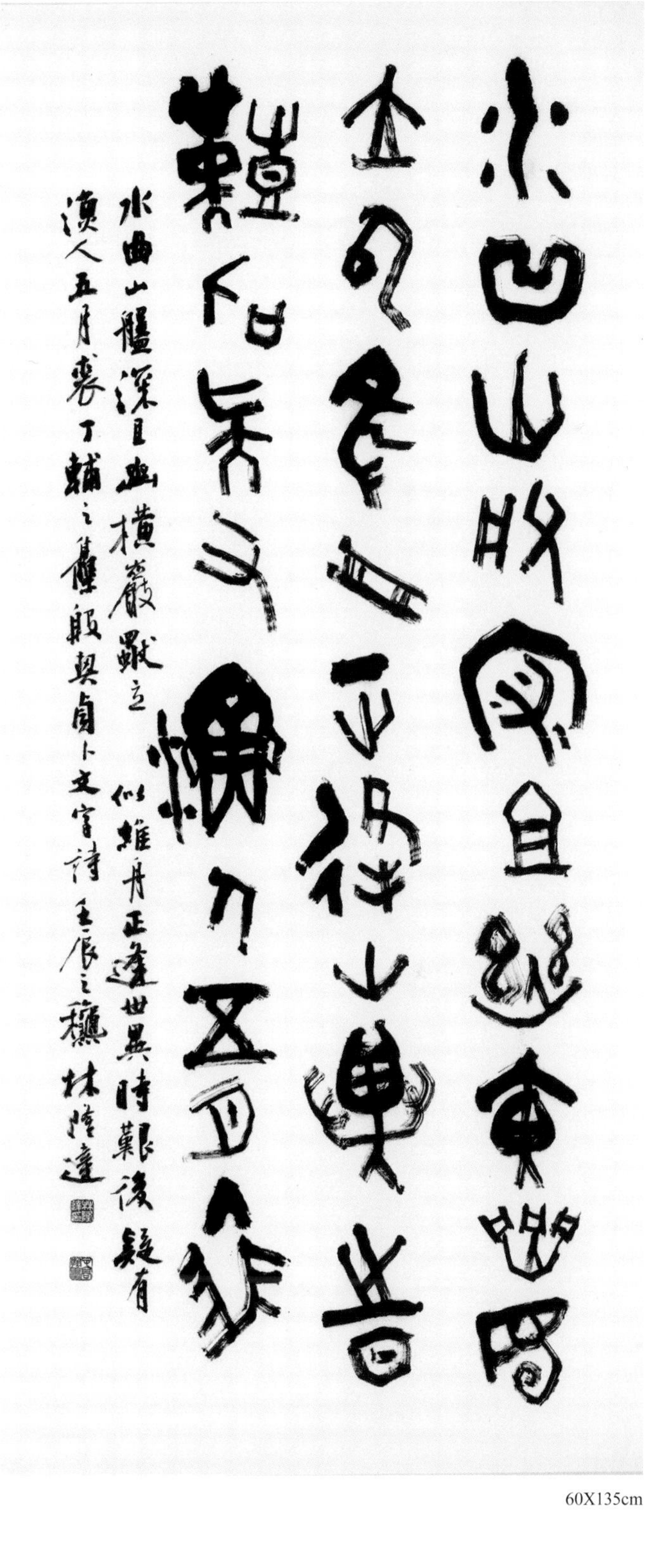

60X135cm

甲骨文中堂　丁輔之集詩

水曲山盤深且幽　橫巖獨立似維舟

正逢世異時艱後　疑有漁人五月裘

魔法師的寶典

掀開咒語塵封千年的寶典
浮現天網迴旋曼陀羅
晶瑩剔透相生如織

看盡多元宇宙成住壞空
繁星銀河鏡花水月
孔雀開屏綻放璀璨天幕

魔法師寶典隱藏紫色秘密
禁錮潘朵拉的盒子
鑲嵌琥珀綴飾的真言

釋放宇宙美麗的神話

迷炫生命漂泊星海夢境
墜入妳澄澈如絲的眼眸

草書條幅 韋應物秋夜寄丘員外
懷君屬秋夜　散步詠涼天
空山松子落　幽人應未眠

35X135cm

第一道光

深情眼眸綻放第一道光
宇宙自夢境甦醒
繁花盛開無量無邊

翩然飛舞醉臥迷迭香
琥珀光燦濃郁七彩
暈染無垠虛空斑斕繁星

踮起輕盈腳尖悄然起舞
飄逸青衫隨天籟迴旋
似水柔情蕩漾天幕

妳潔淨眼眸晶瑩露珠
滴落須彌山巔
無邊無際生命漣漪

DéRussll

DERUSSLL 2010

飛天仙女

妳踮腳輕踏舞步
在星斗間迴旋漫舞
流星隨衣袖揮灑天際

妳以天琴撩撥輕盈樂音
紫色星系燦然綻放
隨七彩虹光曼妙旋轉

妳以輕柔筆觸
在透明虛空
抹一束濃郁鵝黃
為浩瀚星雲
點綴晶瑩綠光

妳優雅溫柔的頸項閃爍
湛藍銀河織成的項鍊
輝映潔淨白皙臉龐

妳讓溫暖的光佈滿無垠時空
將美妙生命輕輕串起
應許那心中有光的靈魂

蓬鬆宇宙的香酥小精靈

傳說在宇宙誕生之初
清澈笛音喚醒香酥小精靈
活蹦亂跳蓬鬆了宇宙

以琉璃光烘培游離星雲
核桃果仁葡萄乾遍撒蒼穹
伴天籟餘韻縈繞星系

濃郁香氣盤旋星斗之間
自天女魅惑的麵包籃溢出
光音天人忘情品味

生命饗宴華麗登場
馱著宇宙悠哉漫遊的神龜
虛空滑行

GOODONE
龜丸烘培

龜丸烘培 2014

看見星系像野薑花般綻放

一個美麗呼吸
一個繽紛念頭閃過
不可測的虛空
綻放金色紫色艷麗光芒
映照天際燦爛星雲

連結宇宙神秘通道
金色能量裊裊而入
順清澈氣息暢行
奔流躍動脈輪

喜悅一環環升起
在虛空放大與蒼穹合一

看見星系像野薑花般綻放
任天女以溫柔巧手
輕盈撥弄

享受寂靜安住當下
感受溫煦微光深情撫觸
沉浸愛的漩渦裡

悅耳天籟自心底升起
從遠方傳來

到底是誰？

是誰呼了這口氣
這麼大口氣
不小心又誕生一個宇宙

面面相覷
沒有神願意承認
倒是人繪聲繪影
宣說神造了天地

禾福田 2008

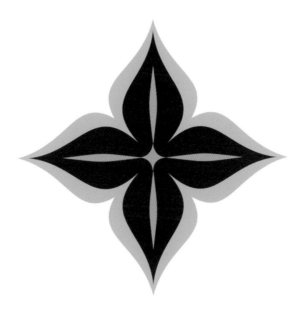

奇幻之旅

帶一首滿懷希望的詩旅行
乘月光漂浮澄澈海洋
打撈漫天飛舞流星
編織奇幻旅程

載一束神奇魔幻的筆飛行
為黑夜彩繪斑斕繁星
騰一處虛空留白
釋放夢想

伴一首詩意濃郁的歌入眠
迷航宇宙遺忘的邊界
凝鍊意象
綻放無邊夢境

35X135cmX2

思飄雲物外
詩入畫圖中

誰在虛空跳舞

目光如炬
昂首遙望無垠天際

悄然起身
沿行星軌道蛇行漫舞

迴旋逆轉
群星綻放爭奇鬥豔

踢踏跺步
顫落一塵星斗

樂音高亢
量子糾纏生命不息

無極養生氣功 2006

是誰的帽子？

從帽子裏撈出一片汪洋
一輪睡眼惺忪的月亮
一池溫馨暖意

從帽子裏拾起一絲浪漫
一束綻放愛情的玫瑰
一陣吹走寂寞的風

從帽子裏唱出一簾幽夢
一籠傾訴相思的霧
一曲生命輪迴

從帽子裏孵出一顆巨蛋

一粒扭曲變形的蛋
一個城市的夢魘

從帽子裏抽出一柱禪杖
一根棒打昏沈的偈
一個當下覺悟

帽子騰空而起翻轉一圈
滿天星斗高掛
又一個銀河綻放

星光

綻放喜悅的星斗紛飛
華爾滋樂章迴旋星雲朵朵
時間消逝無蹤

悄悄摘一束湛藍星光
藏入妳衣袖
擁抱滿懷馨香

新世紀美學 2013

將夢想輕輕串起

在銀河間畫一道銀色絲線
將夢想輕輕串起
編織飄蕩時空的傳奇
詠嘆流金歲月

在星座外圈一輪金色光環
用希望填滿幽暗
輕揚繁星點綴晶瑩羽衣
隨流星翩然起舞

輕閉眼眸看見神秘花園
在光明通道盡頭處邀約
宇宙最璀璨的盛宴

撫慰一切滄桑的樂音
爵士琴韻撩撥旅人心弦
是誰撥弄沉醉豎琴
舞動雪白羽翼迷人芬芳
歌唱纏綿的故事

美麗鄉愁

如詩弦樂心底漣漪
隨群星閃耀樂音飄渺蕩漾
緊閉雙眼跨越前世
迴旋悲喜繽紛曼陀羅

妳在朦朧月光下吟唱
曼妙姿影似水柔情
撫慰流浪無垠時空深情遊子
璀璨銀河閃爍美麗鄉愁
流星輕和尾韻纏綿

妳魅惑人心甜美歌聲
引領旅人穿越壯麗星海
點燃希望懷抱入夢

麗心整形診所 2009

纏繞織女星座的愛戀

眼眸映照彼此靈魂的剎那
深情凝視凍結時空
任星海波濤物換星移
永恆繫結的思念
悠然甦醒

擺盪星際的銀絲線
漂泊時空孤寂的旅人
棲息深邃眼眸裏
燦爛銀河
隨無數美麗記憶
漂浮虛空

遊吟詩人的詩歌
觸動心弦

飄渺無蹤的愛
油然升起

織女星座淚光閃閃
千言萬語化作嫣紫星雲
靜默盤旋

自在飛行心次元

順著內心深處的感覺翱翔
飛向內在宇宙深層意識
守護天使總在不遠處輕盈飛舞
喜悅縈繞無垠天際
揚起快樂的羽翼自在飛翔
怡然飄浮雪白雲端
沉溺天女遍撒穹蒼的迷迭香
倘佯潔淨無痕的心次元
清澈悅耳天籟
療癒沈湎寂寞的靈魂

2003

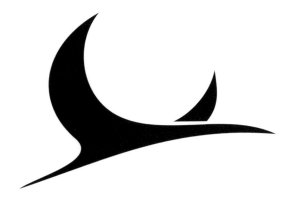

浸潤慈悲溫暖的光

晨曦溫柔撫觸沈默星空
滿懷希望生命之花
伴微風伸展輕盈羽翼
綻放甘露甜美芬芳

蘊染神秘符碼晶瑩露珠
隨耀眼白光墜落
意識流奔騰繽紛世界
夢境漂浮曼陀羅

美麗夢境穿梭黑暗幽明
壯麗樂音交響須彌山
如詩旋律悠然飄蕩

繁星迴旋漫舞華爾滋

悠揚樂音飄浮夢醒時分
浸潤慈悲溫暖的光
擁抱褪去沉緬的旅人
澄澈心靈燦然甦醒

宇宙核心的通道

湛藍夜空繁星閃爍寂靜
樹林裏安坐冥想孤寂身影
靜思生命流轉永恆價值

一道喚醒自性的光綻放
慈悲善念心底浮起
皎潔月光映照燦然笑意

仰望繁星聆聽美妙樂音
傳來遙遠星球吟唱的鄉愁
腦海漂浮愉悅合鳴

繁星歌詠無邊喜悅
連結宇宙核心光明通道
心靈深處驀然開啟

2009

VOKA 2004

繁華若夢

35X135cm

草書條幅　王維詩
中歲頗好道　晚家南山陲　興來每獨往　勝事空自知
行到水窮處　坐看雲起時　偶然值林叟　談笑無還期

信仰友善慈悲的愛

讓我們信仰友善無私的愛
謙卑面對所有生命奇蹟
無懼擁抱每一個當下
臣服於溫柔的慈悲

讓我們傳播光明與希望
撫慰受苦心靈無助悲愴
伸出溫暖的手臂
不為功德福報而行善

讓我們的心靈純淨如詩
欣賞美善靈魂編織神話
友愛不同信仰的生命
無視眼前生命不同類

讓我們不因信仰歧視眾生
失去友善的微笑
生命不息當下永恆
因緣際會有緣眾生

請勿假借神通攝服無助靈魂
教導愛與慈悲的覺者
簡樸可親不求供養與膜拜
平等眾生慈愛受苦心靈

請勿彰顯暗黑恫嚇無知靈魂
慈悲的光將披拂所有靈魂
生命迷夢不易清醒
心靈醜陋是最可怕的夢

靜默達觀毫無懼色

文字符號傳遞意識能量
隨生死流轉三千世界
覺者拈花微笑以心傳心
慈悲典故千古傳頌

末法時代群魔亂舞
貢高我慢曲解不了義
玄之又玄含糊其詞
顛倒文字撩撥愁緒

釋迦尊者靜默達觀
以身示法宣說生命奧義
面對死亡毫無懼色
慈悲身影永世流傳

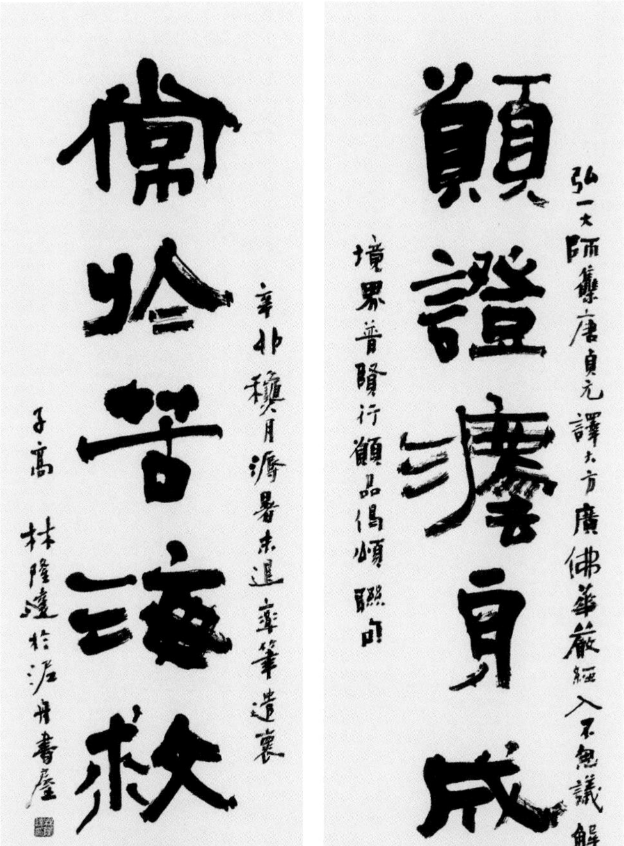
願證法身成正覺
弘一大師集唐貞元譯大方廣佛華嚴經入不思議解脫境界普賢行願品偈頌聯句
常於苦海救眾生

35X135cmX2

願證法身成正覺
常於苦海救眾生

洞徹生死心靈平靜

棲息樹林傾聽潺潺流水
無垠星空盤旋天際
清朗月色照拂行者的臉龐
溫暖大地輕撫平靜心房

拋開繁文縟節儀軌牽絆
遠離宮殿靜思冥想
卸下織錦華服莊嚴冠冕
盤腿閉目安坐菩提樹下

寂靜空靈中
體悟萬物合一
宇宙運行甚深微妙

呼吸間照見生命無常
因緣際會不可思議

起心動念因果業報循環不已
慈悲為懷悲憫萬物蒼生
洞徹生死回歸心靈平靜
褪去心魔清淨解脫

純淨心靈成就聖潔靈魂

何須華麗僧袍莊嚴冠冕
宣揚廣大神力護國法會
何須金碧輝煌高廣殿堂
讓萬眾膜拜自己的塑像

何需舞弄文字曲解真實了義
沈迷前呼後擁虛榮幻象
墮入迷炫物質表象貪婪根性
迷戀自我誇談自性空相

何以貢高我慢失去慈悲心靈
宣揚功德放生殘害生靈
虛詞巧辯顛覆世尊教誨

誤導眾生迷信自利功德

世尊警語楞嚴經藏二千年
明鏡高懸破除末法心魔亂象
回歸愛心烹調溫潤人心
純淨心靈成就聖潔的靈魂

夢幻泡影

安坐心靈最深邃的角落
一盞心燈閃爍寂寞
行者靜默冥想
懸浮虛空

一縷思慮飄忽纏綿如絲
糾結累世殘影
映演無邊悲歡離合
夢幻泡影

行者一覽虛空無盡藏
生死迷霧鏡花水月
激起漣漪不當真
喜悅盈滿

35X135cmX2

長嘯出原野
獨立揚清波

生命如花

意識飛行穿梭異次元
看見普羅米修斯巨大身影
將點燃希望的火苗
深藏無法熄滅心靈深處

航向彼岸的行者靜默聆聽
來自星斗的呼喚
那歌頌生命如花的詩篇
澄澈無痕空靈寂靜

耽溺夢幻泡影迷失的靈魂
難捨華服美冠顧影自憐
踱步躑躅悲嘆無常

畏懼隕落如驚弓之鳥

薛西佛斯的步幅憾動天地
無悔背影遮雲蔽日
背負滄桑踏出莊嚴足跡
怡人芬芳心底綻放

在曲直間

在曲直轉折中探索
宇宙最幽微
綿密無垠的糾結
人心如織

在幽明交界處尋訪
心靈黑洞中
被意識流吞噬的
人性光輝

在辯證迷霧裏望見
皎潔月光
一絲溫暖點燃
人性尊嚴

AWARD UNITED LAW OFFICES

AWARD UNITED LAW OFFICES

動業聯合法律

動業聯合法律事務所 2008

在溫暖月光下升起

閉上雙眼鬆開緊綳的心
在溫暖月光下升起
感受無私友善無盡的愛
在光的羽翼裏快樂飛翔

遺忘難解繁瑣的經文
喚醒心底始終純淨的靈魂
敞開心胸聆聽體會
那包容一切溫暖的愛

看！遠方友善光潔的天使
伴天籟唱頌美妙詩歌
深情撫慰受創心靈

不論是否信仰人類的宗教
所有靈魂被漫天星斗環繞著
在慈悲光環裏甦醒

帶著愛與希望飛行

轟隆升空穿透大氣層
優雅拋出銀色弧線
蔚藍海洋擁抱翠綠大地
金色光點交織串聯

帶著希望與光明起飛
不為征服與虛幻夢想的實現
除了慈悲與無私的愛
不帶走任何人類信仰

翻開手中珍藏的草葉集
散播希望的字句隱隱發光

撫慰心靈生命之歌
自行間浮起醉人旋律
為傳頌美好飛行的遊吟詩人
脫下飛行頭盔歡唱愉悅
穿透儀表板凝視璀璨繁星
壯麗景緻悠然綻放

2014.10.1

come true
Dreams

come true
Dreams

美夢成真 1990

蝴蝶說夢

27X70cm

一 黃金篆書條幅 誦帚禪師詩

籬菊數莖隨上下　無心整理任他黃

後先不與時花競　自吐霜中一段香

山羊開釋

羊禪師盤腿撫鬚
雙眼微闔
群羊虔誠頂禮
靜候開釋

禪師右角朝南
左腳蹬地
昂首賦詩輕嘆愁緒

群羊茫然
原來是
披著羊皮的人

一 不俗即仙骨
多情乃佛心

35X135cmX2

現代雞僧侶

我是參禪修道的現代雞
別笑！眾生平等
請稱呼我僧雞或道雞
別叫成人蔘雞或麻油雞

當然更別稱我開悟的公雞
否則就真的太後現代了

但我的啼聲卻足以喚醒大地
稍微潤喉咕嚕一下
「師父，弟子明生死，悟空性」
頂禮聲此起彼落

只有我不明白
喝水潤喉常保嗓音明亮
喝！誰讓我了生死

弘法的公雞

總是啼唱不一樣的音律
昂首闊步顧盼自憐
低吟變奏的曲調
總是五音不全音感蕩然
含糊不清欲語還休
高唱惆悵的密語

不快樂的禪師搖頭晃腦
變造佛陀的教誨
莫測高深裝神弄鬼
在奢華名牌昂貴飯店中
低調炫富地吟唱
應無所住而生其心

暴除書袋氣
領略菜根香

35X135cmX2

菩薩在虛空中紅了眼眶

小麻雀驚惶拍打單薄羽翼
麻雀媽媽的心滾燙著
樹林裏瀰漫絕望悲傷的訊息
法師又要舉行放生儀式了

恐怖陷阱由天而降
為放生而獵捕的行動開始了
在掙扎中折斷稚嫩的翅膀
小麻雀找不到媽媽

迷信放生解除自己災厄的人
買下倖存的小麻雀
以為圓滿了慈悲功德

在喃喃咒語聲中被放生
飛吧！為媽媽落淚的小麻雀
天羅地網又撒在道場邊
虛空中菩薩紅了眼眶

自征服宇宙的迷夢覺醒

渺小心靈妄想偉大
忍不住自由生命卑微祈請
以黑色斗篷遮住天空

躲避燦爛星光的夜行者
以恐懼撒下天羅地網
深怕良知展翅飛翔

遊說暗黑洞穴子民的先知
宣說幸福永遠以不幸福換取
偉大理想見不得光

自征服宇宙的迷夢覺醒吧
停止凝視無邊黑洞
看見宇宙之光美麗綻放

35X135cmX2

篆書對聯

百年歲月壺中盡

萬里雲山畫裏看

在河的左岸

漫天砲火在頭頂編織夢魘
震耳欲聾的風捲起暗黑的雲
將仇恨投射無辜河岸邊

緊握心愛的皮卡丘書包
鮮血慢慢蘊染孩子稚嫩臉龐
迷茫的眼神漸漸模糊

他正在死去
只因住在河的左岸

2014.7.23

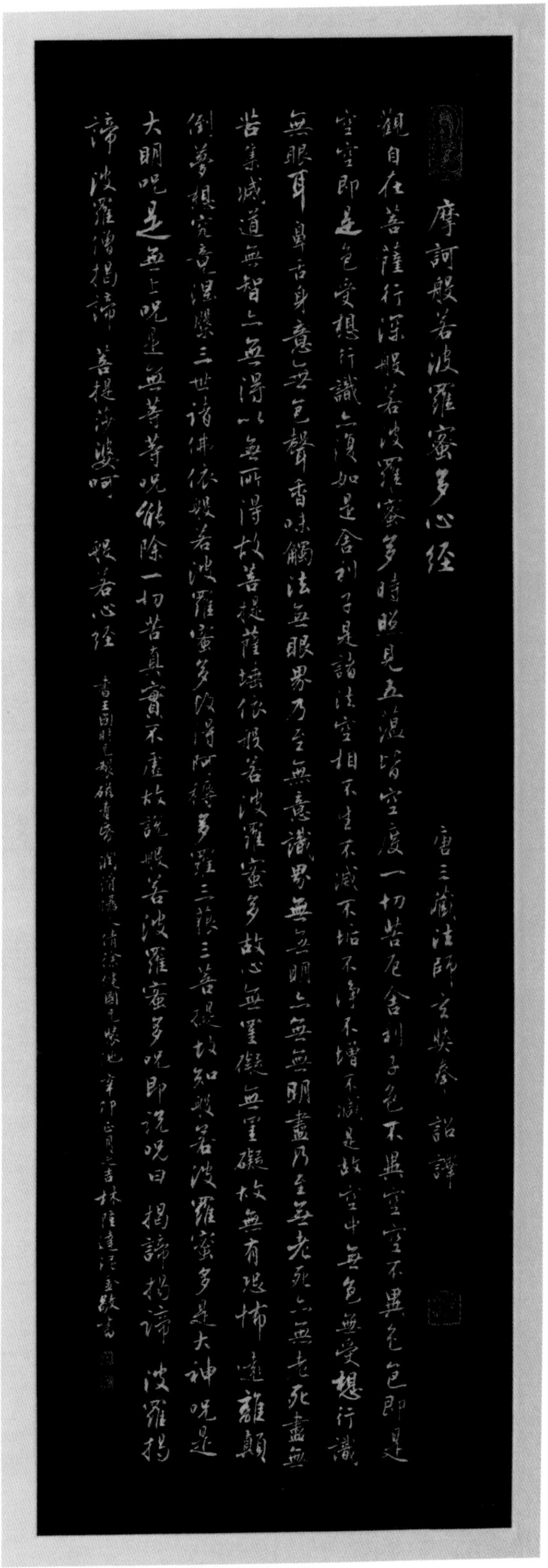
摩訶般若波羅蜜多心经
唐三藏法師玄奘奉 詔譯

行書條幅 黃金摩訶般若波蘿蜜多心經

27X69cm

眾神的祈請

漂流海上的生命落淚
傾盆大雨由天而降
祈求人類分享食物與飲水
眾神在天上低頭禱告
對人類信仰困惑

只在乎握緊手中權杖
無心施展魔法
念念有辭
無法從迷夢甦醒
見不著光

般若波羅蜜多心經
觀自在菩薩行深般若波
羅蜜多時照見五蘊皆空
度一切苦厄舍利子色不
異空空不異色色即是空
空即是色受想行識亦復
如是舍利子是諸法空相
不生不滅不垢不淨不增
不減是故空中無色無受
想行識無眼耳鼻舌身意
無色聲香味觸法無眼界
乃至無意識界無無明亦
無無明盡乃至無老死亦
無老死盡無苦集滅道無
智亦無得以無所得故菩
提薩埵依般若波羅蜜多
故心無罣礙無罣礙故無
有恐怖遠離顛倒夢想究
竟涅槃三世諸佛依般若
波羅蜜多故得阿耨多羅
三藐三菩提故知般若波
羅蜜多是大神咒是大明
咒是無上咒是無等等咒
能除一切苦真實不虛故
說般若波羅蜜多咒即說
咒曰
揭諦揭諦
波羅揭諦
波羅僧揭諦
菩提薩婆訶
般若心經
歲次壬辰正月立春吉辰沐
手禮敬以白金泥金恭書願
頌此經者蒙佛庇佑俱成正覺
信士林隆達合十

心經

11X69cm

小楷手卷 白金心經

不需再逃離故鄉

在苦難席捲瀰漫的世界
一雙雙慈悲的眼神
自虛空凝視
被無常顛覆陷身災難
無辜受苦的生命

悲憫被無邊欲望控制
耽溺戰爭殺戮
沈淪邪惡黑暗勢力
迷失的靈魂

憐憫那假託神話
極力扭曲真相
壓抑潔白如絲的愛

敵視友善的人

離開痛苦磨難的軀體
在浸潤慈悲的光環裏安息
沒有飽受驚恐的童年
不需一再逃離故鄉

自夢境甦醒自由的靈魂
飄浮寧靜雲端
溫暖羽翼溫柔擁抱
閃爍喜悅的淚光

2015.4.28

璀璨星空

無常示現大地沈湎悲愴
撼動生命集體哀傷
沈潛地底的淚痕翻騰
隕落的流星哭泣

跨海救援自八方奔馳
拯救崩頹城邦
挖掘掩埋瓦礫下的希望
撫慰憂傷的天使

喜瑪拉雅山巔白雪紛飛
滄海桑田瞬息逝去
搶救生命的義行光亮如鑑
永懸璀璨星空

2015.4.27

2002

生命不息莊嚴使命

莫讓悲傷滲入字裡行間
沈溺傷痛自己的傷痛
哀嘆天地不仁
無視生命不息莊嚴使命

行者指天躍然雲端
立地安座沈思
靜默翱翔澄澈虛空
悲憫眾生拘泥生死迷霧

釋迦尊者不為秋霜嘆息
不炫高廣華廈輿車
拋開奢華宮殿安住菩提
從未憂傷肉身凋零

達摩石窟面壁參禪悟道
老邁風霜神閒氣定
去除雜念以氣為食
優游短暫生命無常

澄淨心靈觀破虛妄
了悟文字符號光明能量
停止無端自我憐艾
靜觀虛空無盡藏

以身示法演繹澄澈心靈
一息尚存安住自在
觀照宇宙實相
不可思議莫名其妙

聽一朵綻放微笑的花唱歌

傳說遙遠銀河有一首動人的歌
聽聞的人不再生死輪迴
傳說遙遠星系有一座美妙宮殿
那裏的靈魂不需輪迴進化

終其一生稱頌夢幻空間的人
帶著無限企盼日夜傳頌
讚歎那顛覆宇宙定律的神話
方便巧門聚滿堅信不疑的人

慈悲的靈魂不企求夢幻未來
珍惜當下每一朵綻放微笑的花
享受清風明月溫煦照拂

以喜悅的心唱遍每一顆星球
用心聆聽每一個生命傳奇
溫柔吟唱永恆生命之歌

天空

擦亮掛在心裏的勳章
讓皎潔如絲的光
綻放孩子築夢心房

揚起雪白羽翼航向未來
褪去金色腳鐐
浮士德永恆的夢魘

闔上潘朵拉的盒子
收拾塵封典藏
消逝落幕的黑夜

雁群飛越鋪滿希望的雲
沐浴溫暖晨曦
遠離封建的天空

Dido

開悟的貓文創 2014

自光燦能量甦醒

乘心靈視界飛昇須彌山巔
沐浴宇宙核心光燦能量
凝鍊意識潔淨如雪
生命浪漫迷夢
繽紛綻放

執著成住壞空的人悲泣
在神話裏解讀密意
引經據典宣說虛妄法門
不願隨順心境流轉
渲染無知悲苦

覺者八十年示現宇宙奧秘
安詳飛越解脫虛妄之門

循莊嚴儀式遁入虛空
含笑展演生滅之美
自光燦能量甦醒

演繹光明能量覺悟行者
欣然觀照生命流轉
當下喜悅

慈悲善念盈滿虛空
肉身衰朽如嫣紅落葉
隨風飄逸如夢
優雅凋零

小鳥的早餐

等不及太陽甦醒
揮舞焦慮翅膀
拍打收容寶寶的玻璃窗
擔心孩子挨餓
一夜未眠
盼望爸媽帶來食物
和著朝露的愛

2015.5.10
好友 Louis H Thompson 收容一隻羽翼受傷的小鳥，小鳥拒食，它的爸媽一早在窗外按鈴送餐。

Magic Garden

麥・之・園

Magic Garden

麥・之・園

麥之園烘培 2006

2010

飛行的詩

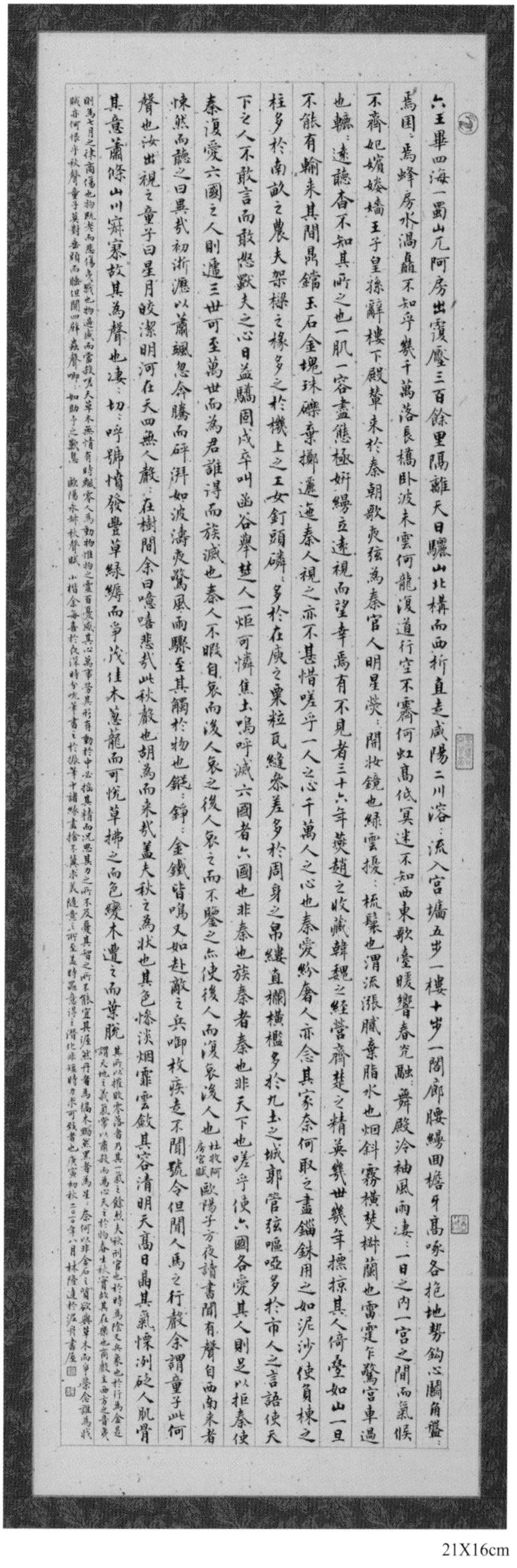
六王畢四海一蜀山兀阿房出覆壓三百餘里隔離天日驪山北構而西折直走咸陽二川溶溶流入宮墻五步一樓十步一閣廊腰縵回簷牙高啄各抱地勢鉤心鬭角盤盤
焉囷囷焉蜂房水渦矗不知乎幾千萬落長橋臥波未雲何龍複道行空不霽何虹高低冥迷不知西東歌臺暖響春光融融舞殿冷袖風雨淒淒一日之內一宮之間而氣候
不齊妃嬪媵嬙王子皇孫辭樓下殿輦來於秦朝歌夜弦為秦宮人明星熒熒開妝鏡也綠雲擾擾梳曉鬟也渭流漲膩棄脂水也煙斜霧橫焚椒蘭也雷霆乍驚宮車過
也轆轆遠聽杳不知其所之也一肌一容盡態極妍縵立遠視而望幸焉有不見者三十六年燕趙之收藏韓魏之經營齊楚之精英幾世幾年摽掠其人倚疊如山一旦
不能有輸來其間鼎鐺玉石金塊珠礫棄擲邐迤秦人視之亦不甚惜嗟乎一人之心千萬人之心也秦愛紛奢人亦念其家奈何取之盡錙銖用之如泥沙使負棟之
柱多於南畝之農夫架樑之椽多於機上之工女釘頭磷磷多於在庾之粟粒瓦縫參差多於周身之帛縷直欄橫檻多於九土之城郭管弦嘔啞多於市人之言語使天
下之人不敢言而敢怒獨夫之心日益驕固戍卒叫函谷舉楚人一炬可憐焦土嗚呼滅六國者六國也非秦也族秦者秦也非天下也嗟乎使六國各愛其人則足以拒秦使
秦復愛六國之人則遞三世可至萬世而為君誰得而族滅也秦人不暇自哀而後人哀之後人哀之而不鑒之亦使後人而復哀後人也
杜牧阿房宮賦
歐陽子方夜讀書聞有聲自西南來者
悚然而聽之曰異哉初淅瀝以蕭颯忽奔騰而砰湃如波濤夜驚風雨驟至其觸於物也鏦鏦錚錚金鐵皆鳴又如赴敵之兵銜枚疾走不聞號令但聞人馬之行聲余謂童子此何
聲也汝出視之童子曰星月皎潔明河在天四無人聲聲在樹間余曰噫嘻悲哉此秋聲也胡為而來哉蓋夫秋之為狀也其色慘淡煙霏雲斂其容清明天高日晶其氣慄冽砭人肌骨
其意蕭條山川寂寥故其為聲也淒淒切切呼號憤發豐草綠縟而爭茂佳木葱蘢而可悅草拂之而色變木遭之而葉脫

一小楷　杜牧阿房宮賦　歐陽修秋聲賦

21X16cm

以詩的姿態飛行

驀然升空航向寂靜蒼穹
以一首詩的姿態飛行
一把劍的鋒利直刺銀河之心
如疾馳箭簇射穿幽冥
跨越廣闊無邊壯麗星雲
靜默航行時空邊界

穿梭湛藍光環星際之門
繁華似錦奇幻星系
意識交織盤旋腦際
映照星羅棋布無垠宇宙
金色毫光自心底綻放
星際行者懵然覺醒

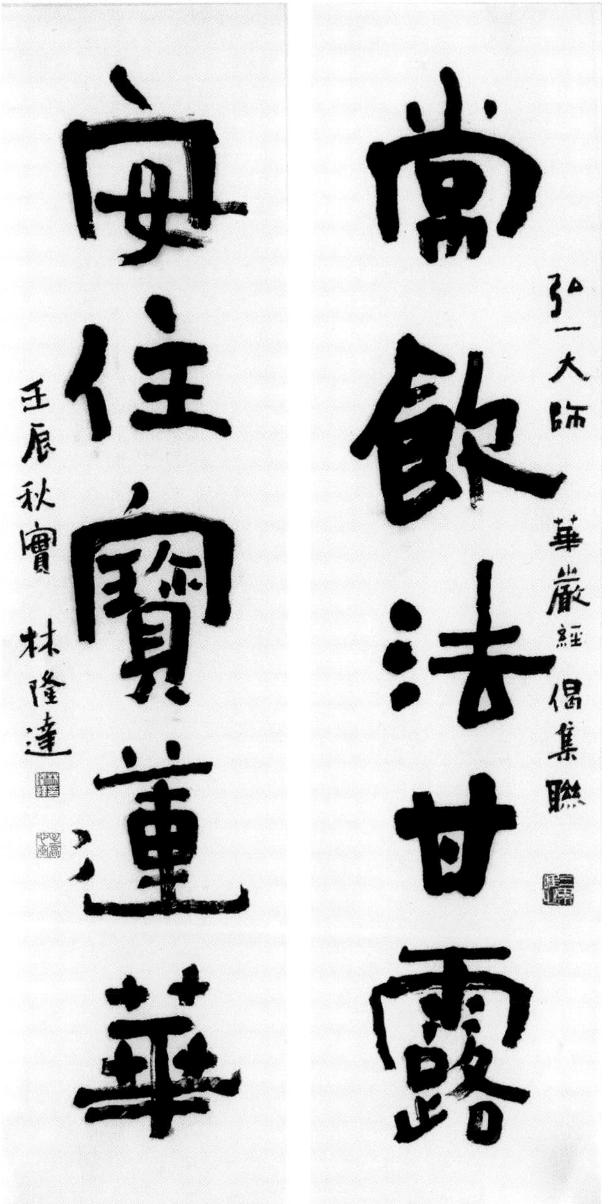
常飲法甘露
弘一大師華嚴經偈集聯
安住寶蓮華
壬辰秋實 林隆達

35X135cmX2

篆書對聯
常飲法甘露
安住寶蓮華

八方國土詩意迴盪

歌頌宇宙最遙遠的傳說
以不同語言吟詠相同傳奇
在恆河沙數星球間
代代傳唱

在星空升起狼煙下吟唱
亙古英雄神話
鏤刻酋長智慧皺摺的臉龐
映照銀河深邃眼眸

在戰壕中聆聽莉莉瑪蓮
天使隨詩歌飛舞雲端
伴群星閃爍刺刀的寒光衝鋒
在莊嚴儀式中陣亡

在哀傷幽暗牢房裏默唸
女詩人悲憫的詩篇
在總統就職典禮高聲朗讀
曼德拉的靈魂

將美麗詩句踏入行腳大地
以冥想書寫燦然覺悟
繁星覆照菩提樹

詩人、禪師與貓

禪師
無我之我是我
有我之我不是我
誰在虛空

詩人
我以詩喚醒沈睡太初
撐開一片虛空
為愛畫一道七色彩虹
讚頌浪漫神奇宇宙

貓
我以宇宙之眼凝視虛空
銀河在瞳孔裏漂浮

當下一切有我
我是一切

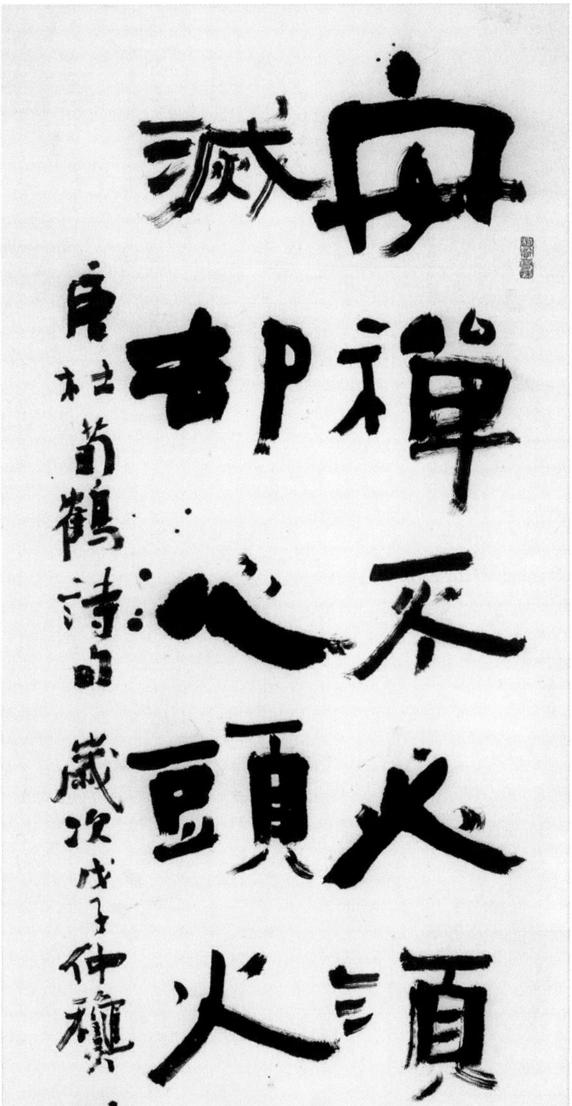

50X135cm

一 **隸書中堂** 杜荀鶴詩句
安禪不必須山水　滅卻心頭火自涼

會飛的詩

飄浮寂靜無痕的星空
寂寞銀河睜開了眼
好奇張望
自由翻滾的靈魂
高聲朗讀
一首會飛的詩

升聯生技 2000

大師的背影

不曾在星空下遇見
深夜散步的蘇格拉底
卻在殿堂遇見
向明微笑的背影

2015.5.4

35X135cmX2

一張琴半壺酒
三尺劍萬卷書

始終夢遊的詩

後現代如影隨行
風乾摺疊站成電線桿
詩句總在夢遊中
惆悵成河

倒裝解構晦澀
辭彙飄浮捉摸不定
意義價值被迫
顛沛流離

裝神弄鬼顛覆一切
卻始終找不到
自己的影子

2015.1.17

35X135cmX2

隸書對聯

瘦藤纏老樹
古渡界幽程

對話

我從來不寫人家看得懂的詩
喜歡讓夏天去春天游泳
叫冬天滑雪或選市長

我常常不知道我想些什麼
經常在鋼琴上昏倒
讓台北市一直玩一直玩

請兩位自制
不要老是用影子拴住夏天
讓秋天無地自容

是嗎

再說三道四
我就讓你的快樂悲傷
算你狠
小心我親自為你讀一首後現代

不停書寫的勇者

飛越巴黎的天使哭泣
在玫瑰盛開的街頭徘徊
月光奏鳴曲低鳴迴響
撫慰受創心靈

以筆墨扛起自由旗幟
捍衛在心底跳舞
歌頌新天堂樂園的權利
自由靈魂無懼黑夜

愛情種子浮游的天空
正義旗幟迎風飄揚
不停書寫的勇者一肩扛起
永不止息莊嚴使命

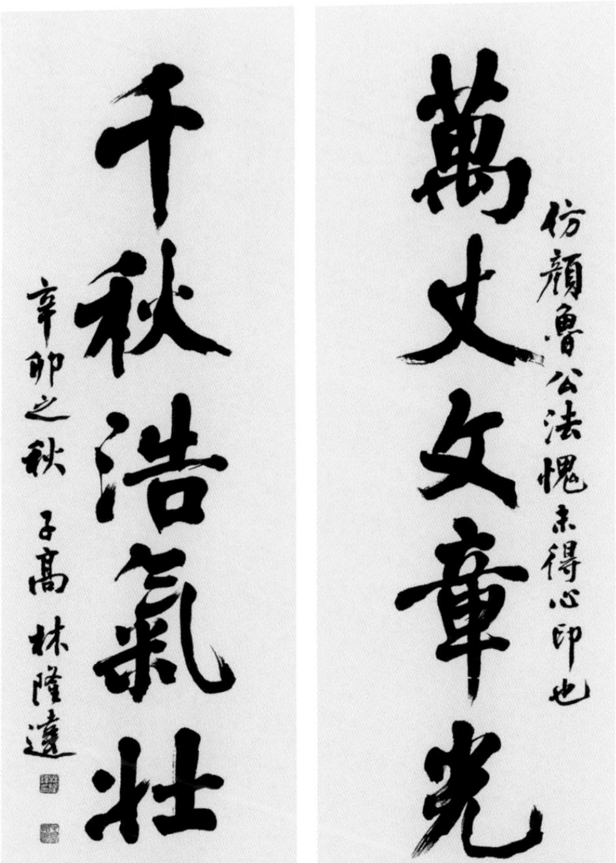
萬丈文章光日月
仿顏魯公法愧未得心印也
千秋浩氣壯山河
辛卯之秋 子高 林隆達

35X135cmX2

一 萬丈文章光日月
千秋浩氣壯山河

天使的羽翼

不屈服的靈魂永世不朽
服膺演繹真理哲思
從容跨越物質生命的邊界

蘇格拉底的天空仍在
澄澈眼眸閃耀無垠星系
優雅話語迴響天際

亞里斯多德的詩論鏗鏘
輝映米開朗基羅心中天堂
隱入達文西密碼

頌揚大地寬闊胸襟的詩篇
西雅圖酋長仰望繁星
天使的羽翼伴狼煙升起

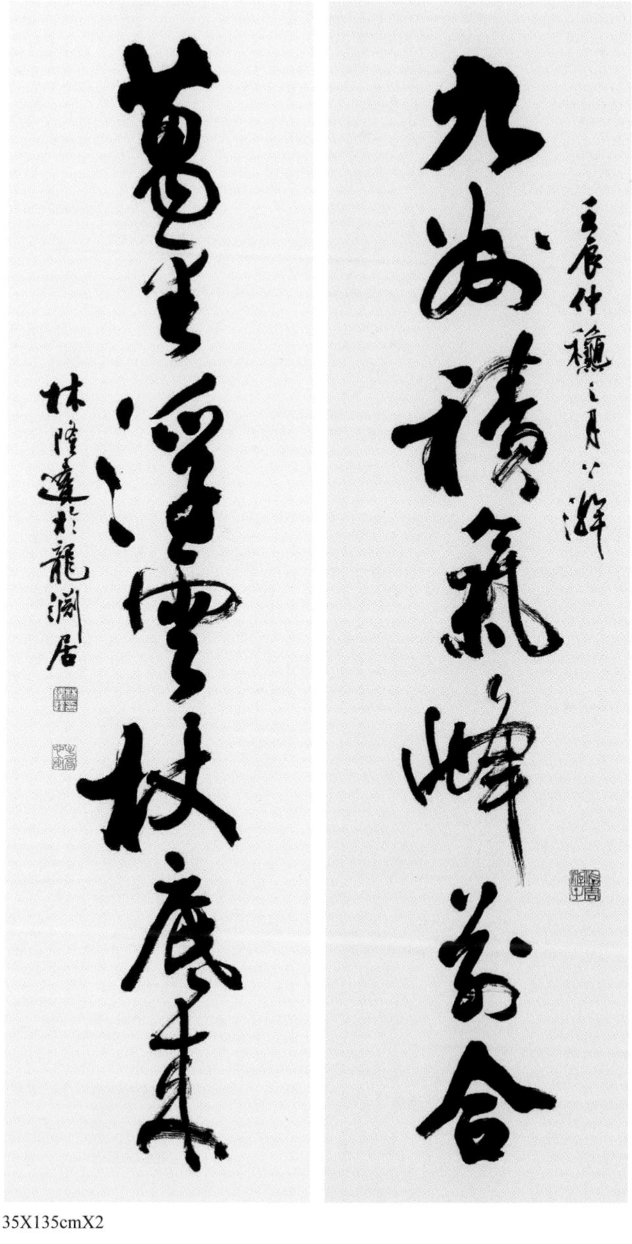

35X135cmX2

行草對聯
九州積氣峰前合
萬里浮雲杖底來

真摯情感自然流露

何必堆疊文字費心顛覆
只為寫一首懸疑的現代詩
艱澀難解地曲折情感
津津有味訴說迷惑

真摯情感如花朵綻放
露珠飽滿優雅墜落
燕雀展翅縈繞燦然天空
萬物展演繽紛美妙

川流不息生命體驗
交織多彩時空神秘宇宙
遊吟詩人千古傳誦

分享喜悅感受無盡的愛
順應內心情感真摯流露
學燕雀嬉戲鳴唱歡樂
如晨曦滾落感動的露珠
晶瑩剔透純淨無痕

DNA—上帝書寫的詩集

晶瑩剔透美麗螺旋
隨悅耳旋律翩翩起舞
交織纏繞生之欲望
讚頌無明喜悅

浮游虛空奇幻夢境
無始無邊神秘禮物
編織繽紛多彩物質世界
掀開潘朵拉的秘密

神奇符碼鏤刻上帝語言
書寫夢境神秘詩篇
開啟生命奇蹟魔幻時刻
誘人曲線曼妙舞動

HanSient
Health & Science

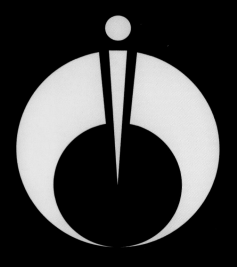

iShine

2010

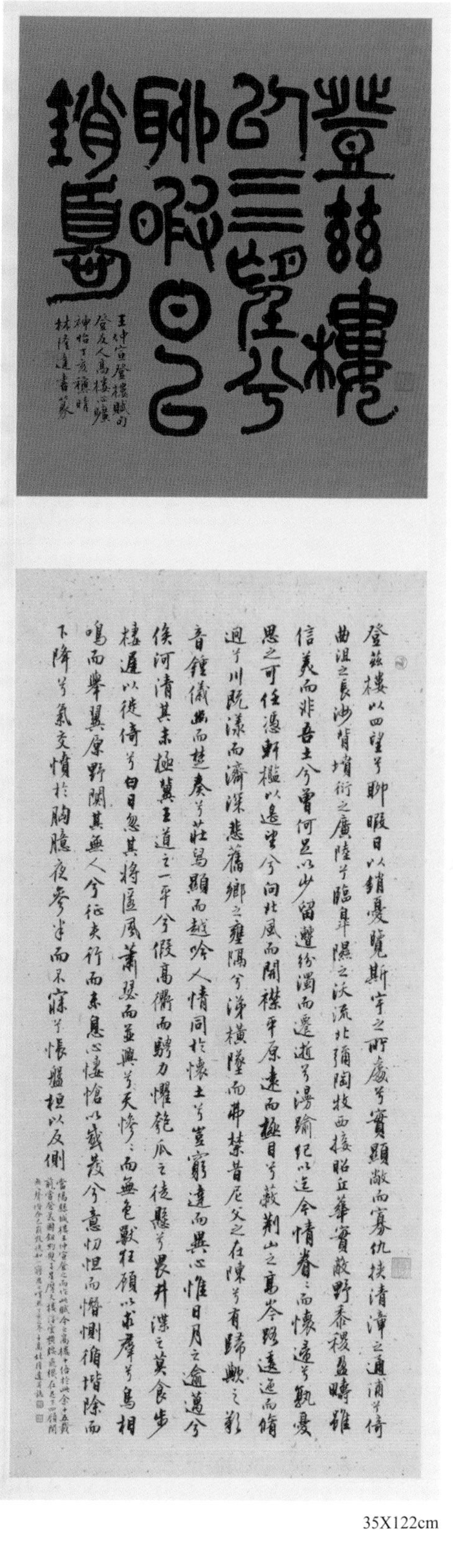

條幅　王粲登樓賦

登茲樓以四望兮　聊暇日以銷憂

35X122cm

以心靈之光標誌的宇宙

在沒有時間的夢境沈睡
太初懵然甦醒的剎那
銀河乘隙躍入無垠時空

光明璀璨連結交織天幕
以銀河串接宇宙神經原的大腦
標誌第一個美麗符號

生命意識以奇特姿影變換
因緣際會編織奇幻無邊故事
在星光閃爍銀河間流浪

遊吟詩人傳頌永恆慈愛與光明

同在夢裏流轉的靈魂

何需懼怕短暫明滅夢幻泡影
生死流轉衰老病死
喚醒慈悲智慧光明種子

鬆開緊握不友善的心與手
體驗萬物合一無盡的愛
以慈悲心靈標誌友善的宇宙

心靈符號的誕生

無意識腦海喜悅滑行
勾勒優雅蜿蜒浪漫曲折
接合成面交錯反白
奇正陰陽相生如夢幻影

晶瑩絲線輕盈飄動
盤旋飛舞交纏新符碼
放射虛空
伸展如花豔麗

輕踏舞步躍動太極場
繽紛渲染點線面
神秘能量豐盈詩意
交織心靈符號新視界

35X135cmX2

深秋簾幕千家雨
落日樓臺一笛風

心靈符號

心靈符號波動宇宙能量
自心田泉湧汩汩川流
寂靜月光流露溫馨暖意
陪伴踽踽獨行的靈魂

遊吟詩人詠嘆美麗傳說
精靈樹梢悠然吟唱
清脆笛音伴天使輕聲朗讀
語意明晰悅人詩篇

以完美符號詮釋生命奇蹟
流暢曲線描繪生之喜悅
俐落結構演繹激昂交響樂章

滌淨晦澀心靈空間
深情符號飄逸誘人芬芳
妳驀然回首盈盈笑意
如繁花綻放偉峨須彌山巔
心靈符號光燦如絲

莊嚴儀式

玫瑰伸展雪白羽衣綻放
花仙子翩然起舞
演繹生命微妙真理
當下生滅流轉

搖曳枝葉沙沙作響
輕伴蕭瑟風聲朗讀詩篇
陽光乘落葉緩緩飄蕩
原野溪流藍綠合鳴

時間在悠揚樂音中靜默
天幕映演莊嚴儀式
彩虹在心中串起浮橋
晶瑩笑意佈滿虛空

廣大寂靜三摩地
弘一大師唐譯大方廣佛華嚴經偈頌集句
世主妙嚴品
清淨光明徧照尊
華藏世界品
辛卯之秋
林隆達敬書

廣大寂靜三摩地
清淨光明偏照尊

35X135cmX2

彩繪心靈符號

在寂靜星空輕舞曼妙姿影
流暢舞步迴旋星海
悠揚樂音如醉
琴韻飄香
浸潤無垠時空

在心靈畫布塗抹七彩虹光
蘊染澄澈無痕虛空
斑斕星雲如織
點綴流星
彩繪如夢幻影

在晶瑩天幕書寫光明符號

潔淨詩篇閃爍星光
空靈寂靜如禪
銀河朵朵
綻放如花生命

春雪

我們像繁星般的愛戀
在飄渺星空中
閃爍　明滅
妳以清澈眼眸
映照無垠宇宙的空曠
寧靜　澄澈
妳輕甩晶瑩髮絲
揚起滿天彗星
星辰像春雪般
紛紛飄落

伊登內衣 2006

嬉戲的精靈

在詩集上嬉戲的精靈
撿起灑落一地的詞與字
光明的　喜悅的
輕放手上把玩
哀傷的　落寞的
藏進衣袖

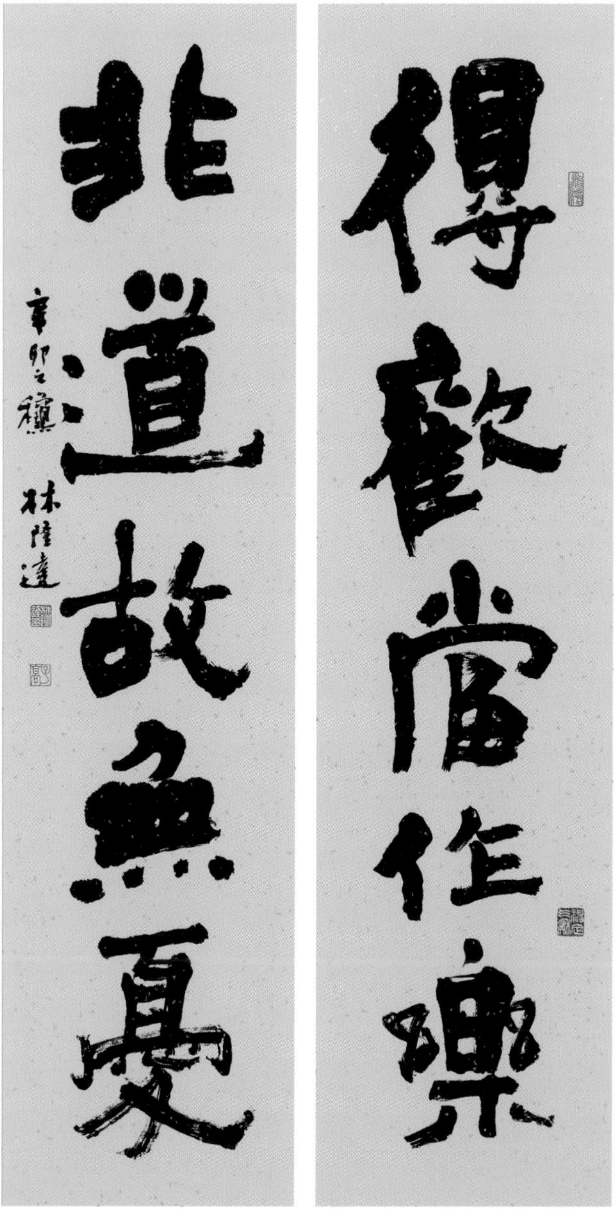

35X135cmX2

一 得歡當作樂
非道故無憂

美自虛空來

誰在虛空輕踏舞步
搖撼娑婆世界
婀娜姿影映照寂寞心靈
輕揚雪白羽翼

誰在虛空揮舞如椽大筆
騰雲紙上氣韻生動
暈染流金歲月
彩繪一方日月星辰

誰在虛空低吟淺唱
琴韻歌聲撫慰受創心靈
真摯情感繚繞

生生世世

誰在虛空深情詠嘆
美麗詩篇歌詠英雄傳說
魔幻文字紛飛
神話的天空

誰在虛空虔誠演算
純淨靈魂建構永恆價值
以神秘曲線喚醒
心靈符號

信步遊走的線

調皮的點紙面探頭
肆無忌憚在紙上輕盈躍動
不受羈絆的線信步遊走
留下曲折美麗的足跡
而面則悄悄
撐開一張無量之網
讓顏色佈滿空間

一個繽紛多彩新世界
留白間
完美存在

地球村
OneWorld
Waste Management

地球村
OneWorld
Waste Management

地球村環保 2011

美是靈魂不朽的經驗

以彩筆描繪繽紛生命景緻
像恆河沙數斑斕星雲
壯麗無邊

以流暢墨色揮灑靈魂悸動
像流星滑行湛藍星空
餘韻無窮

以曼妙姿影舞動旋轉世界
像銀河迷炫晶瑩軌道
喜悅盈滿
以深層感動吟唱生命之歌
撩撥宇宙萬物心弦

熱淚盈眶
以純淨心靈譜寫美麗詩篇
時間消逝眼眸中

曲線之美

圓潤飽滿表面張力
平衡極致之美
隨生命優雅律動
如詩絃樂
悠遊宇宙生滅之間
交織時間空間的泡影
過去現在與未來

CHARMSUN

青山蘭園 2004

完美符號勾勒曼妙曲線

表面張力極致完美剎那
隱藏幽冥金色微光
釋放無人聽聞霹靂巨響
波濤餘韻天際迴盪

繽紛銀河斑斕星海燦然綻放
飄浮恆河沙數大千世界
生命夢遊詩意萬花筒
意識無邊漂泊

黃金比率遍佈無垠宇宙
超弦樂音迴響虛空
串接意識流轉生死留白

虛實交匯想像無邊
俐落符號勾勒喜悅能量
千古傳頌上帝傑作
天女晶瑩舞動
精緻完美曼妙曲線

版面春秋

俐落如劍直馳虛空
凝練落款
揚起一身禪淨

眉標點綴國境之南
威震八方
號令群山峻嶺

天將神兵四面雲集
運籌帷幄
決勝方寸之間

數位競達 2002

老欉香 2011

美麗鄉愁

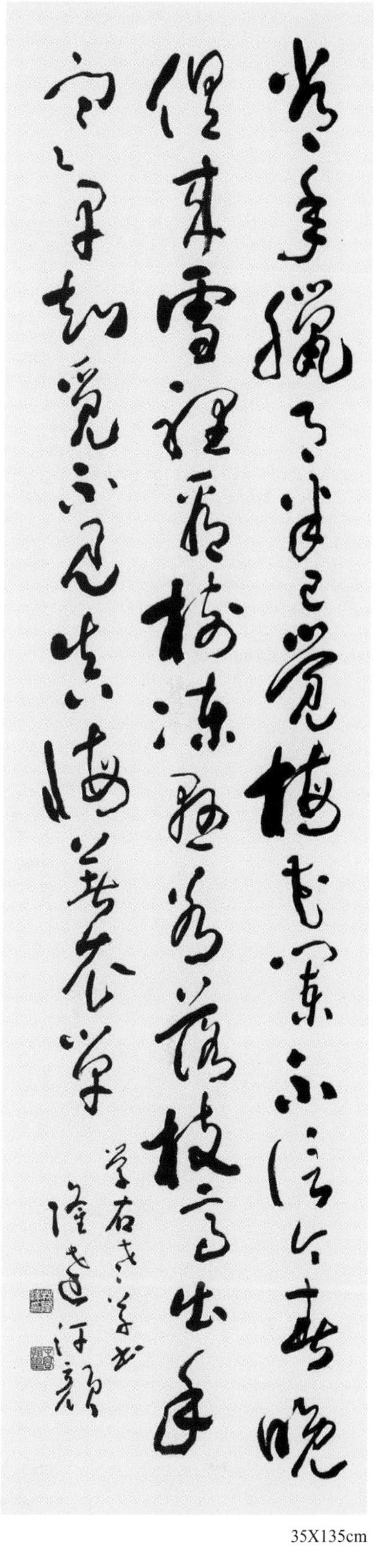

35X135cm

直屏　王維詩

常年臘月半　已覺梅花闌　不信今春晚　俱來雪裡看

樹凍懸谷落　枝高出手寒　早知覓不見　真悔著衣單

等待冬天的旅人

樹梢聽見秋風的訊息
凍結哀傷的季節即將到來
天空佈滿銀色絲線

佇立樹下等候冬天的旅人
捧著憂傷微弱的心
虔誠祈請時間的療癒

月光輕拍旅人沉寂背影
悄悄抬起滿佈滄桑的臉龐
湛藍星光溫柔撫觸

停止等待的臉盈滿笑意
伸展羽翼的心飛越樹梢
在銀河漩渦上跳舞

PHYTO-C
SKINCARE

PHYTO-C 2003

生命與生命之間

無需哀悼肉身凋零
乘喜悅之心飛向奇妙旅程
莫以悔恨封存生命
讓美麗當下暈染憂傷

心靈覺醒魔幻時刻
重播悲喜交織生命影像
悲憫淚水淨化靈魂
飛越溫暖通道
重生於包容一切的光

慈悲漣漪自心底暈開
連結宇宙無盡的愛

褪去肉身的靈魂不再哀傷
光明天使溫柔守護

雲夢波涵千秋（壑）水
嶽衡秀起九疑峰

35X135cmX2

愉悅能量躍然昇起

沈靜無痕的藍光穿透虛空
跨越宇宙時空星際之門
逃脫黑洞　龐然訊息忽悠湧現
愉悅能量躍然昇起

清朗無聲的漣漪悄然波動
樂音清脆晶瑩似水
飄渺天際曼妙低迴
褪去暗黑心靈的渲染

澄澈光暈映照心中彩虹
潔淨心靈看見喜悅繽紛洋溢
希望女神揚起雪白羽翼
自由靈魂迎風飛翔

EUSOL

雅祥生技 2002

在時間流動中

在時間流動中忘情舞蹈
以纖細指尖演繹無盡的愛
溫柔詮釋美麗生命

在時間流動中靜默聆聽
婉約旋律隨心弦裊裊升起
悠揚樂音指間迴響

在時間流動中捕捉靈感
以畫筆靈巧舞動斑斕色彩
轉折生命美妙蛻變

在時間流動中感知脈動

譜寫繁星交響方程式
演繹意識能量鋪陳的宇宙

在時間流動中靜思冥想
澄澈心靈浮現美好文字
書寫撫慰人心的詩篇

在時間悠然靜止的剎那
宇宙全像映入眼簾
自溫暖寂靜白光中甦醒

擁抱寂靜

專注行走　呼吸
升起一面　防護罩
紛擾世界　隔離在外
雜沓聲響　漸行漸遠
擁抱寂靜　聆聽樹梢麻雀
低語吟唱　享受空靈
心的邊界淡然消逝

35X135cmX2

素心自此得
幽賞亦何窮

讓夢想重新綻放

繁星飄蕩綻放夢想的星空
斑斕璀璨迴旋天際
放佚纏綿悱惻的浪漫
遍灑銀花朵朵

輕揚羽翼飄浮夢幻泡影
隨希望流星飛舞
穿梭時間堆疊的夢境
點綴悲歡離合

誰在虛空拉扯晶瑩絲線
糾結刻骨銘心的眷戀
點燃紫色馨香

抖落一池燦爛星雲

拾起灑落星際夢想碎片
藏入心底寧靜的角落
以愛浸潤溫柔守候
等待重新綻放的時刻

生命之花

喜悅自心底燦然綻放
甜蜜記憶搖曳溫煦苗圃
怡然芬芳隨樂音繚繞
飄逸溫馨濃郁慈悲芬芳
如晶瑩朝露含淚
墜入大地溫暖懷抱
灑淨一片詩意
孕育無邊生命之花

馨 郁 品

2015

在湛藍星空下閱讀

在河岸閱讀潺潺流水
悲歡歲月的波濤
道不盡汨汨滄桑

在山巔閱讀山巒刻骨銘心
波瀾壯闊的史詩
磨滅不了的歷史滄桑

在湛藍夜空閱讀浩瀚蒼穹
銀河星系運行軌跡
物換星移的故事

在戀人明亮眼眸裏閱讀

柔情似水款款深情
永誌不渝的愛戀

在天使慈悲的光環裏閱讀
豐富多彩奇幻之旅
心靈淨化生命奇蹟

空中舞者

優雅伸展雪白羽翼
空中舞者伴輕揚微風起舞
徜徉地球交響樂團悠揚樂音
大幅翻滾　慢速滑行
不著地的空中舞者
微閉雙眼　用心飛行
在雲端輕踏舞步　快速旋身
像疾馳天空流星刷白
在湛藍星空留下
美妙殘影

群鳥知春聲滿樹
大鵬運海翼垂天

35X135cmX2

宇宙之眼

以星光明滅譜曲
以星斗和弦
輕踏銀河軌跡漫步
低吟淺唱

傳唱宇宙遙遠盡頭
每一個燦爛星系
每一顆湛藍星球
有關永恆的愛戀

像天際耀眼彗星
舞動明媚姿影
令人讚歎的剎白
在美麗瞳孔中映照
不可磨滅的殘影

細將咖啡
Cafe
Sinjun

細將咖啡 2012

如椽之筆

墨色自虛空渲染
星雲蛇行
飛舞浩瀚無垠
繁星點點
無盡藏

引恆河星海一氣
頓點乾坤

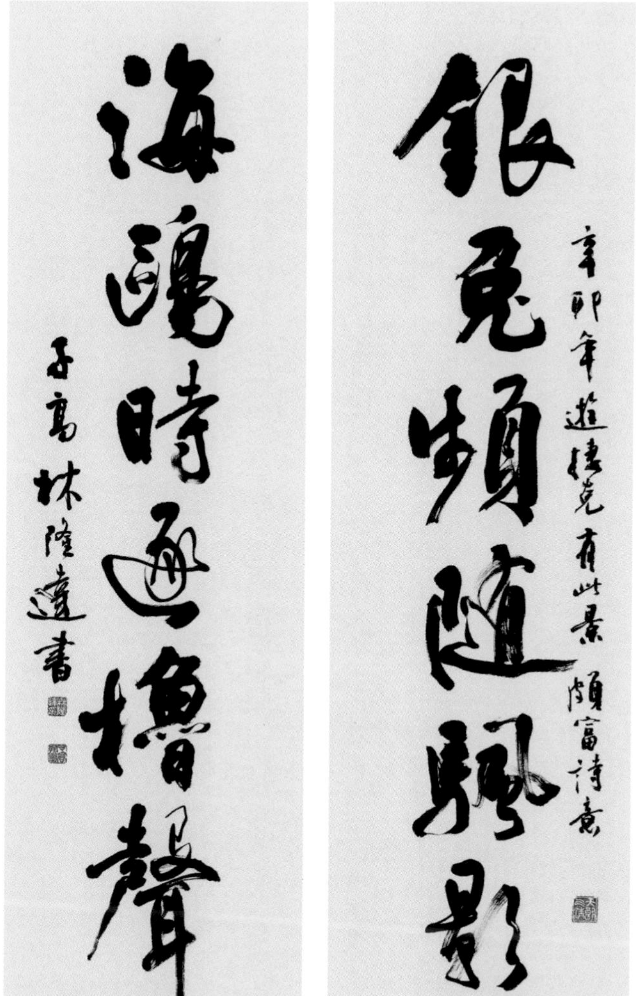

35X135cmX2

銀兔頻隨帆影轉
海鷗時逐櫓聲來

書法家　林隆達

林隆達歷任國立台灣藝術大學圖書館館長、書畫學系教授及總統府參議等職。台中大甲人，一九五四年生。曾獲全省美展、全國美展首獎，高雄市永久免審查、南瀛獎、中山文藝獎、中興文藝獎及吳三連文藝獎等獎項殊榮。其書風靈巧不羈，悠遊楷、行、草、隸、篆各體，又潛心書藝修行，迭創新局。吳三連文藝獎評定書中評述：「篆書淵雅古勁；隸書遒厚樸茂；楷書整斂秀潤；行書則飄灑酣暢而饒韻致，其以黃白泥金所書小字金剛經手卷，端嚴靈動，別具風華。『微書系列』雖細如蠅頭而神采動人，尤為精勁，堪稱絕詣。」林隆達近年精進禪風書藝，道法自然，回歸樸拙渾厚，開啟書道新象。四十餘年書藝創作生涯，成果豐碩，自國立歷史博物館以降，展覽無數。今年十月八日起應劉玄詠館長邀請，將在國立彰化生活美學館舉辦最新書法個展，各界殷盼。著有《百年百聯》、《秋風古渡》、《煙江渡痕—林隆達知非之年書法集》、《心經，經心：現代藝術經本》、《老子道德經》、《蘆岸秋風書法集》、《泥舟墨痕》、《泥舟楹聯—林隆達作品集》、《妙法蓮華經普門品》、《大悲懺法》、《藥師琉璃光如來本願功德經》、《來自織女星座的訊息—詩與書法交織的視界》等作品集。

詩人設計家　許世賢

許世賢歷任廣告公司創意總監、敦煌藝術中心經理、高球天下雜誌總編輯等職，現任天將神兵創意廣告藝術總監、新世紀美學總編輯。兼具設計家、符號藝術家與詩人身分，鑽研識別符號對人類集體潛意識的影響。2014年獲邀國立彰化生活美學館舉辦CIS詩意設計個展，以CIS與現代詩融合嶄新創作形式，成為第一位受邀國立展覽館舉辦CIS詩意設計個展的設計家。其心靈符號設計思想，獲跨界迴響。重要作品有國軍暨家屬扶助基金會、行政院勞委會、經濟部產業園區管理局等政府機構、財團法人CIS識別設計，並為眾多中小企業與上市公司規劃企業識別設計系統。其識別設計作品造型簡約，律動優美，充滿內斂能量，富饒詩意哲思。其現代詩吟詠遼闊宇宙，書寫氣勢磅礡史詩，重現戰陣壯闊場景，振奮人心；而其歌詠生命的詩篇撫慰受創心靈，宛如穿梭宇宙穿越時空而來的遊吟詩人。著有《品牌符號的秘密》、《心靈符號—許世賢詩意設計展專輯》、《生命之歌—朗讀天空》、《這方國土—台灣史詩》、《來自織女星座的訊息—詩與書法交織的視界》等書與詩集。

天將神兵創意廣告

識別設計

DERUSSLL

如飄逸絲帶優雅律動自在飛舞的心情，DERUSSLL是進軍國際時尚產業皮件代工廠，蛻變提升自創品牌。金色絲帶簡約時尚，律動彎折無限循環，象徵循環不息生命如絲。

龜丸烘焙

以創世神話神龜為設計元素。背負宇宙的可愛神龜，背負漫天星斗，反白星星又象徵宇宙表裡實為幻象堆疊。龜殼飽滿造型與似雜糧堅果麵包，龜腳呈游動的波浪狀，樸拙有趣。

禾福田

以宇宙爆炸大霹靂概念，表徵命運靈感俱在瞬間形成。生命自有多元出路，不必為起伏憂慮，也不須自我設限。應隨時為自己每一當下尋找契機，峰迴路轉總在心思沉澱一瞬間。

無極養生氣功

以起式練功人形，表徵無極養生氣功易學安全的動功。紫色象徵紫氣東來，祥瑞吉兆。身心靈經用心調理練功後，生命自有圓滿新局，而生命價值的探索是身心靈進化終極意義。

新世紀美學

如繁星多元綻放，方形視窗代表無垠星空，也象徵生命潛能發展唯有不斷突破框架，才能看見璀璨新視界。閱讀讓生命視野更加多元豐富，提倡讓內在美麗心靈自然湧現的新世紀美學。

麗心整形診所

以埃及豔后為設計造型元素。傳說美麗女神有花一般的美麗心靈，優雅笑意流露迷人芬芳。位於台北天母名為麗心的整形診所，以美麗之心為名的品牌，讓客戶由外而內美麗如新。

空行者

自在飛翔，護持自由天空的空中行者。擁有浪漫不羈自由情愫，不分順境逆境，常保優雅姿態飛翔。象徵自在無礙的心才是探索生命奧義不二法門，成就去除迷障起飛的自由心靈。

燦然綻放的心光

能量急速匯集，撞擊虛空成就宇宙繁星綻放的瞬間，生命轉折的關鍵。澄澈平靜的綠色光環，象徵喜悅之心覺知自性的當下，如衝破生命迷障內在能量，不受限制遨遊虛空。

AWARD UNITED LAW OFFICES
動業聯合法律

VOKA

以藍底反白呈現俐落剪刀造型。刻劃前衛時尚專業俐落清爽氣息。簡約時尚造型象徵抽絲剝繭，化繁為簡現代思潮。VOKA字型契形構成，音節鏗鏘清脆，營造神清氣爽品牌形象。

美夢成真美的聯盟

以反白蝶影勾勒飛舞無垠時空的靈魂，進入一個又一個美麗夢境，在生命之海遊歷，舞動當下，追逐夢想。美夢成真美的聯盟協助美容事業專門店完善健全體質，提升自我，美夢成真。

星際之門

以彎折箭頭形成集束光芒穿透象徵時空圓形通道。表達宇宙多元時空，時間空間重疊構造複雜多次元世界的概念。通過星際之門，進出不同次元時空，為人類科技文明亟待突破的目標。

動業聯合法律事務所

以曲線與直線彎折，象徵是非曲直。中間滾白細線讓字母更型精緻，隱喻有如榮譽帶的意涵。黑底白線是非分明，金線表徵名譽價值。動業聯合法律由陳貴德律師與盧國勳律師主持。

麥之園烘焙坊

橘底宛如陽光普照暖和的麥田，反白交錯麥子象徵。麥之園烘焙將自然結晶焠鍊成精緻美味，以溫馨暖意烘焙精緻麵包。抱持對自然感恩心情，供應不只麵包香醇，附帶濃郁幸福滋味。

神盾

蝙蝠代表黑夜白天全天候監視守護家園的象徵，陽光神盾外環燦爛繁星；也象徵克服人性弱點幽暗面，守護光明澄澈心靈。光明神盾渾厚造型，堅實有力。繁複不失層次、規律與節奏。

升聯生物科技

英文標準字 SINGLAND 表徵歡唱的大地，大地歡唱。以音符綠底反白，充滿愉悅感的流暢曲線，波動優雅。彷彿在綠意盎然的大地長出快樂苗圃，油然升起喜悅歡唱的意象。

開悟的貓文創

由七條微彎微笑曲線構成怡然自得的表情，喜悅之心浮現臉龐。似貓似狗又像人的共同表徵——微笑，象徵眾生平等，熱愛生命的同理心。友善面對娑婆世界，心境自然像陽光般燦爛。

iShine

以自性之光詮釋生命內在覺醒光芒，與萬物合一，了無罣礙。英文字母i的人形造型是設計核心元素，被沿伸如翅膀狀的光環所包覆，象徵成就內在圓滿是每個生命存在的意義。

地球村環保

以象徵宇宙無量之網幾何圓形與線條交疊。充滿音樂律動的節奏與韻律，散發平衡和諧美感。青翠底色綠意盎然，灰底綠方生機滿溢，蘊藏大自然充沛能量，再生充滿療癒的表徵。

青山蘭園、

以優雅曲線勾勒蝴蝶蘭小精靈舞動造型，輕盈飛舞引領一室風雅。鑲崁紫色桃紅羽翼形成和諧比例，營造浪漫色彩神秘氣氛。追逐夢想內在力量，勇敢鼓動心靈羽衣，翱翔自由天際。

數位競達科技

以簡潔箭簇勾勒電光石閃速度。劃破蒼穹象徵心智強大力量。數位競達科技擁有優異研發團隊，研發科技先進產品零組件，追求完美極致的科技美學，充滿熱忱的紅色鮮豔亮麗。

老疊香麻辣火鍋

宛如雙手的火炬，精心調理精緻美食。特製麻辣湯頭濃郁清香，餘韻無窮。層層分明的滋味，讓美味料理牽引難忘幸福尾韻。老疊香麻辣火鍋金字招牌享譽南台灣，美食家的聖殿。

PHYTO-C

以綻放的枝葉象徵生命無限遞沿與再生。宛如舞動的精靈，揮動輕盈羽翼，凌空自在飛舞。美自心中綻放迷人芬芳，最美麗的外貌由純淨心靈滋潤。PHYTO-C 是唯美純淨的品牌。

馨郁品

以含苞綻放的花朵勾畫優雅姿影，宛如心靈樂器彈奏天籟，讚頌生之喜悅。金色滾邊精緻內斂，刻畫追求完美極致品牌核心價值。貴氣優雅的桃紫色花瓣，表徵蓬勃發展的生命力。

漢馨科技

宛如上帝的詩篇，DNA 刻劃生命繁複光譜，綻放繽紛美麗多采多姿生命奇蹟。將 DNA 旋轉結構簡化，如綠葉盤旋象徵無垠時空透明光環，漢馨科技以頌揚生命作為品牌核心價值。

謹以此書向所有護持正法的行者致敬

來自織女星座的訊息

詩與書法交織的視界

作　　者：許世賢
書　　法：林隆達
美術設計：許世賢
出 版 者：新世紀美學
地　　址：新北市淡水區沙崙路 25 巷 16 號 11 樓
網　　站：www.newage-art.com
電　　話：02-28058657
郵政劃撥：50254586
印刷製作：天將神兵創意廣告有限公司
電　　話：02-28058657
地　　址：台北市民族西路 76 巷 12 弄 10 號 1 樓
網　　站：www.vitomagic.com
電子郵件：ad@vitomagic.com
初版日期：二〇一五年六月
定價：三五〇元

國家圖書館出版品預行編目（CIP）資料

來自織女星座的訊息 ： 詩與書法交織的視界 /
許世賢著 ； 林隆達書法 . -- 初版 . -- 新北市 ：
新世紀美學，
2012.06　面 ；　公分
ISBN 978-986-88463-0-2（平裝）
851.486　　101011759

新世紀美學